MALIGNE

MALIGNE

Écrit par
Noémie Caillault
Morgan Perez
Gabor Rassov
Caroline Verdu

PAYOT

Retrouvez l'ensemble des parutions
des Éditions Payot & Rivages sur

payot-rivages.fr

L'éditeur remercie Julia Pavlowitch pour son aide.

PRÉFACE

Grand comme son âme

D'abord, il y a ce coup de téléphone. Au bout du fil, Caroline Verdu, directrice du théâtre de la Pépinière, à Paris. Elle me parle d'un texte, d'une mise en scène qu'elle voudrait peut-être me confier, et d'une jeune femme, Noémie Caillault. Tout de suite elle précise : le projet est singulier, c'est une histoire personnelle, et cela tourne autour de la maladie. Je demande à lire.

Dans la journée c'est fait. L'histoire m'a emporté. Je veux rencontrer Noémie Caillault. Le rendez-vous est fixé au théâtre. Noémie est en retard. Elle entre dans le bureau, un sourire magnifique, un trait d'humour pour excuser son retard. Nous nous saluons brièvement et elle s'assoit près de la fenêtre pour fumer une cigarette. Avec les directeurs de la Pépinière, nous parlons du projet, Noémie écoute et sourit. Puis nous nous voyons en tête à tête autour d'un café. J'écoute cette femme étonnante, bouleversante, raconter sa maladie, son parcours, ses désirs et sa poésie dans le choix de la vie, toujours, tout le temps, envers et contre tout. Nous rions. Notre travail commence.

De l'écriture au plateau, des douleurs aux grandes joies, c'est un immense plaisir et un honneur d'accompagner Noémie dans cette aventure un peu plus grande que de la fiction et un peu plus grande que du réel. C'est grand comme son âme qui se bat contre le cancer avec la plus belle des armes : l'amour de la vie.

Morgan Perez

Décembre 2011

J'ai rendez-vous avec Simon. Je me prépare. En sortant de la douche, ça me pique le minou. J'annule Simon.

Il me propose de boire un verre quand même, il n'y a pas que « ça » qui l'intéresse.

C'est mignon.

Surtout qu'il n'imagine pas une seconde que, moi, il n'y a justement que ça qui m'intéresse !

J'appelle ma gynéco. Pas de rendez-vous avant quinze jours. Je bloque quand même la date. Pour patienter : crème, ovules.

Il paraît que je suis hypocondriaque. J'ai tout le temps peur d'avoir un truc aux ovaires. De ne pas pouvoir avoir d'enfants.

Pour le moment, j'ai le temps, je ne suis même pas amoureuse. Je me laisse vivre, je profite. Mais j'y pense. Pas comme les fifilles qui rêvent d'un gosse pour jouer à la poupée ou pour répondre à une horloge biologique. Non, moi, je me sens plutôt du côté des garçons manqués… Mais mon corps doit pouvoir accueillir un enfant.

J'aime quand tout fonctionne normalement.

9 janvier 2012

Le jour du rendez-vous, ça ne me pique plus le minou. Je sais pas pourquoi, je ne décommande pas : j'y vais.

Auscultation : aucune rougeur, pas de mycose.

Juste au moment de partir, petite palpation.

Je me laisse faire.

Ça dure environ une minute – et Dieu sait que c'est long, une minute à se faire tripoter par une nana… gentille soit, mais… un peu stressée…

Du coup, mal à l'aise, je lui dis :

– Dites donc, vous me touchez beaucoup les nichons aujourd'hui !

– Oui, oui, oui, oui… Je… je m'y attarde, Noémie, parce que je sens une… une… une petite… boule dans votre sein gauche, voilà, voilà.

– N'importe quoi ! Ils sont parfaits, mes seins !

– Oui, oui, oui, oui… Est-ce que… est-ce qu'il y a déjà eu des… des… des cancers dans votre famille ?

– Non.

– Oui, oui, oui, oui… C'est sans doute une… une… une boule de graisse, voilà, voilà… On va quand même… heu… faire une petite mammographie, hein ? Pour en être sûre, pas d'inquiétude, rien ne presse. Voilà, voilà… Enfin, le plus vite sera le mieux !

La consultation terminée, je téléphone à une amie pour me rassurer. Elle rigole :

– Ppppfffff, n'importe quoi ! Tu sais, l'hypocondrie est la seule maladie que les hypocondriaques n'ont pas !

J'appelle quand même l'Hôtel-Dieu pour prendre rendez-vous.

Pas de place avant le 12 janvier.

Trois jours d'attente. Je me shoote au sport. Footing, Pilates, muscu…

12 janvier 2012

Le radiologue, jeune Asiatique aux très jolies mains, m'explique :

– On va vous faire une échographie et non une mammographie : on n'envoie pas des rayons pour rien, mademoiselle, vous êtes trop jeune !!!

Donc, échographie. Il m'apporte les résultats. *A priori*, il n'y a rien d'inquiétant. Je respire. Mais…

– Vous avez les seins denses, on ne voit pas très bien, on va vous faire une petite mammographie quand même.

Ah ? Il y a encore dix minutes j'étais trop jeune. C'est fou comme on vieillit vite, dans un hôpital !

Ah, la mammo !!! C'est un moment très agréable, on m'étire et on m'aplatit le sein dans tous les sens ! Je ne savais même pas que j'avais les seins aussi élastiques !

Et tout à coup, ils sont deux dans le bureau à regarder mes clichés…

– Demain, mademoiselle, nous allons vous faire une biopsie pour vérifier les microcalcifications présentes dans votre sein gauche… C'est la procédure habituelle. Une biopsie, c'est l'analyse d'un prélèvement pour voir s'il y a des cellules cancéreuses.

– C-A-N quoi ?

Je sors de l'Hôtel-Dieu. Notre-Dame m'ouvre les bras pour un voyage mystique dépressif. Je lui tourne le dos violemment et je marche comme si j'allais quelque part. Je longe les quais, frôlant les bouquinistes et passant devant les petites galeries d'art. Devant l'une d'elles, il y a un attroupement. Un vernissage. Je m'arrête. Je taxe une clope. On me demande ce que je pense de l'expo, si je veux une coupe de champagne, où est-ce qu'on va dîner ? En moins d'une minute je m'appelle Sarah. Je suis fan d'art contemporain, je trouve qu'Édouard, l'artiste exposé, est un génie et je suis ravie de suivre tout un petit groupe chez Mylène, le restaurant au coin de la rue.

On a bu et mangé au-delà du raisonnable. On a refait le monde. Délicieuse soirée. Sarah s'est évaporée dans un taxi à deux heures du matin, après avoir quitté le petit groupe dans un ultime éclat de rire.

Et puis, une fois chez moi, je me suis mise à compter le nombre de fissures sur la poutre au-dessus de mon lit.

Vendredi 13

Je me suis levée beaucoup trop tôt. Footing pour évacuer, une douche et… non, il est encore trop tôt. Coup de fil à mamie pour m'assurer qu'elle est en vie. Je fais le ménage dans tout l'appart, efficace comme jamais, je reprends une douche, je change de tenue et… je sors. Merde !

J'ai encore le temps. Je ne perds pas mes bonnes habitudes, un petit Loto au PMU du coin – je mets toutes les chances de mon côté en jouant toujours les mêmes numéros –, un petit café… ça y est, c'est l'heure, en route pour la biopsie !

Vendredi 13, tout le monde le sait : ça porte chance ! Hormis pour ma mère, qui maugrée :

– Porte chance, porte chance… Tante Annette, c'est un vendredi 13 qu'elle est tombée de l'escabeau !

Je n'ai jamais été malade. Les malades, ça me dégoûte. Enfin non… mais un peu quand même…

Sortie du métro, première à droite, deuxième à gauche… Je passe devant un cinéma. Voilà, je pourrais faire ça, aller me blottir au fond d'une salle obscure et regarder les ridicules errances amoureuses d'une actrice magnifiquement belle ou saliver devant un acteur qui tente pour la énième fois de sauver le monde… et surtout oublier cette histoire de biopsie !!!

J'ai faim, en même temps je ne peux rien manger…

Passe à côté de moi un parfum connu, réconfortant… voilà… je suis devant.

Une biopsie, je ne sais même pas comment ça se passe !

C'est une seringue… une très longue seringue… qu'on t'enfonce dans le sein…

Après l'examen je suis sereine, plus confiante, c'est ça, tranquille, je suis soulagée…

Mais non, tu n'as rien Noémie, tu es trop jeune, tu fais du sport, tu as une bonne hygiène de vie…

pas d'excès… rien… tout va bien… allez… tu t'es fait peur, mais ça y est… hop, hop, hop !

Dix jours à attendre les résultats… Je me fais un planning serré. Footing le matin : j'ai doublé mes performances en dix jours ! Déjeuner avec une amie. Simon, ravi, couvre le trois à cinq… petite variante du cinq à sept… Et après, boulot ! Je sors à vingt-trois heures, minuit je dors.

Je garde ce petit tracas pour moi. Bon, j'en parle quand même à une amie :

– Si toi t'as le cancer, moi je suis tuberculeuse !

J'en parle à une autre :

– Arrête Nono, on rigole pas avec la maladie !

J'arrête d'en parler.

Ma gynéco suit tous les examens de près :

– Oui, oui, oui, oui… C'est normal que vous paniquiez Noémie, mais il n'y a… mais alors… vraiment… aucune… aucune raison que vous ayez quelque chose de grave, hein… On fait tout ça par précaution. Surtout ne vous angoissez pas, vous m'entendez ? ne vous angoissez pas ! Sortez-vous toute mauvaise idée de la tête ! Voilà, voilà…

Elle, quand elle me parle, j'entends sonner l'angélus !

Et comme par hasard, à chaque coin de rue, je tombe sur des affiches : « Première cause de mortalité chez les femmes : le cancer du sein. »

L'angoisse !

Heureusement, je ne suis jamais seule. J'ai plein d'amis, de copines – d'ailleurs, pour simplifier, on va toutes les appeler Pénélope, sinon on s'y perd. J'ai aussi des cousins, des oncles, des tantes, etc.

– Toi, t'as toujours besoin d'une chandelle, dit ma mère.

Aaaahhhh, ma mère ! La diplomatie d'un dictateur et la délicatesse d'un ours…

Pour vous planter le décor, quand j'ai eu mon permis elle m'a offert une voiture. J'avais demandé une Polo, eh bien elle a acheté une Punto.

– Bah oui, ma chérie, on n'a pas que ce qu'on veut dans la vie. T'en as beaucoup, des copines qui se font payer leur voiture ? Et puis, Polo, Punto, c'est pareil, ça commence par un P et ça finit par un O.

19 janvier 2012

Au téléphone, ma gynéco.

– Oui, oui, oui, oui… ça serait bien que vous veniez à l'hôpital.

– Ah… c'est grave ?

– Alors, écoutez, heu… ce serait bien qu'on se voie à l'hôpital pour en parler, voilà, voilà.

– Mais ça veut dire que c'est grave ??!!

– Alors, alors, heu… est-ce que demain, vers midi, ça vous irait ?

– Mais répondez-moi ! Si vous voulez me voir, c'est que c'est grave ??!!

– Alors, heu… je préfère ne pas en parler au téléphone Noémie, voilà, voilà.

– Dites-moi docteur, dites-moi, qu'est-ce que j'ai ?

– Oui, oui, oui, oui. Alors… on se voit demain et je vous…

– Non !!! Docteur, DITES-MOI !!!

Là, elle prend une seconde… autant dire une éternité…

– Oui… en effet Noémie, vous avez…

– Quoi ? Quoi ? Quoi ? J'ai quoi ?

– … un petit cancer.

– Oh… bah… mince alors…

J'ai tout de suite appelé papa au village, pour qu'ils viennent à la consultation. C'est lui qui a prévenu ma mère.

Elle n'aurait pas décroché sinon, elle était en réunion Tupperware.

20 janvier 2012

Rendez-vous chez ma gynéco.

Mes parents sont là.

Sur le bureau il y a une petite poupée, une danseuse hawaïenne qui ondule au son de la voix de la gynéco. Je la fixe pendant tout le rendez-vous.

Je vais subir une batterie d'examens.

Le traitement va être lourd.

Je vais devoir arrêter de travailler.

Je risque de perdre mes cheveux.

De pas avoir d'enfants.

De pas, de pas, de pas…

Personne ne parle, mon père fixe ses chaussures, ma mère pleure…

Je suis obligée de faire répéter la gynéco.

Entre la danseuse hawaïenne et ma mère qui me renifle dans les oreilles, je ne comprends rien.

Je ne suis pas triste. Je suis révoltée ! À mon âge, je ne devrais pas penser à ça. Je devrais me prendre la tête pour savoir si je suis amoureuse, si… si je pourrais faire le prochain marathon de Paris, si je pars à Anguilla ou à Bali, si… si je préfère aimer ou être aimée, si… si… Au lieu de ça, il faut que je m'approprie ce nouveau mot :

C.A.N.C.E.R.

Le soir, je rentre chez moi.

Pour la première fois depuis l'annonce, je me retrouve seule.

Le silence, le calme, les interrogations, la peur.

Est-ce que je vais mourir ?

Et c'est là que Max est apparu.

– *Arrête tes conneries ! On va s'en sortir.*

– Je sais pas, je panique

– *Alors ça y est, madame panique pour… pour un petit…*

– Cancer !!!

– *Oui bon ben voilà… on a un cancer, on a un cancer… on va pas larmoyer pendant des heures…*

Max, c'est ma petite voix intérieure.

– *T'as fait ta valise ?*
– Pourquoi ?
– *Ben, on part à Londres demain…*
– Je vais annuler.
– *Alors là, ma cocotte, tu rêves !*

21 janvier 2012

Je pars à Londres avec Pénélope.

J'ai le bide noué, rien avalé depuis trois jours, mais je suis contente de changer d'air. J'ai hâte d'entendre parler anglais, d'avaler un *fish and chips* et d'aller voir *Billy Elliot*.

Dans l'Eurostar, Péné veut me rassurer :

– Tu pouvais pas tomber mieux : le cancer du sein, c'est celui qui se soigne le plus facilement !

– T'es docteur, toi, maintenant ?

Les Anglais m'ont fait mal à la tête, je n'ai pas réussi à avaler trois frites et j'ai eu la migraine devant *Billy Elliot*…

J'avais envie de rien.

Retour en France. Ça se sait vite que je suis malade…

Ma mère l'a dit à son amie la plus proche. Qui l'a dit à Alain. Puis Alain à Ariane, Ariane à Lucile, Lucile à Antoine. Antoine, forcément, en a parlé à Thibault. Thibault, en allant au marché, n'a pas pu s'empêcher d'un toucher un mot à Manu, qui, évidemment, quand il a croisé Thierry…

Résultat, le lendemain, en allant chercher mes clopes[1], je tombe nez à nez avec Emmanuel, qui me dit :

– Ah te voilà, toi ! Bon, je sors du PMU… bon, j'ai dix ballons de blanc dans le cornet… bon… figure-toi que le Géraud y raconte sur tous les toits que tu nous fais un cancer ! Ça va, on le connaît, depuis qu'il a fait son AVC, on en prend on en laisse. Mais dis-moi quand même que c'est pas vrai !

J'ai laissé passer un temps. Puis :

– Non, c'est vrai. J'ai un cancer.

Je retrouve ma mère.

– Bah, me dit-elle, qu'est-ce que t'as ?

---

1. Oh, ça va ! si en plus faut que j'arrête de fumer…

– T'avais besoin d'en parler ? Maintenant tout le canton est au courant !

– Eh ben ? Qu'est-ce ça fait ? C'est pas un secret. Ça se serait bien su un jour !

– J'ai quand même le droit de choisir quand et à qui.

– Houlala... t'en fais toute une histoire ! Y a pas mort d'homme quand même ! Puisque c'est comme ça, je ne dirai plus rien et puis c'est tout.

– Putain, je n'ai pas envie de répondre aux questions, pas envie qu'on me regarde comme une petite chose, pas envie d'être malade !

– Mais personne n'a envie, Noémie ! Tu crois que c'est drôle pour nous ? Mais c'est comme ça, t'es malade. T'as beau le tourner dans tous les sens, t'auras toujours la même réponse.

– C'est pas écrit sur ma gueule. Pour le village, je suis malade parce que tu l'as dit.

– Ah ! Maintenant c'est de ma faute si tu es malade ! Ah bah, alors ça... ça... ça, ça me...

– J'ai pas dit ça. Laisse tomber, tu ne comprends rien.

– De toute façon, je vois pas pourquoi on parle. Tu vas pas rester malade toute la vie, alors bon...

– Ah oui ? Qu'est-ce que t'en sais ?

– Oh, je suis sûre que même le cancer il veut pas vivre avec toi. T'es tellement chiante ! Il regrette déjà.

25 janvier 2012

Vite, il faut commencer la chimio, vite !

Je rencontre mon oncologue. Son petit nom : Laurette.

C'est un saut vers l'inconnu. J'attends beaucoup d'elle : mon héroïne.

Bon, au premier contact, l'héroïne n'est pas très *fun*, pas très dynamique, je me demande même si elle ne nous fait pas une petite dépression, la Lolo…

– Je vais m'occuper de vous, me dit-elle d'une voix molle. On va faire ce chemin ensemble, se battre ensemble et gagner ensemble. Le plus important : rester positif.

Malgré les apparences, très vite je me rends compte que je suis entre de bonnes mains.

Vite, il faut commencer la chimio, vite !

Attends !!! Elle me présente ma tumeur, qui fait sept centimètres sur six.

Ah oui, petite parenthèse, la personne qui a choisi d'appeler ça « tu-meur » aurait bien fait d'attendre d'avoir fini son analyse lacanienne, parce qu'elle ne nous a pas rendu service sur ce coup-là !

Sept centimètres sur six !!!! J'ai pris peur ! C'est tout mon sein ! Tout à coup, je visualise cette grosse boule. J'ai l'impression qu'au moindre mouvement, elle va se répandre partout en moi.

Je ne respire plus. Je ne bouge plus.

Je tiens mon sein comme une bombe prête à exploser. J'évite tout mouvement brusque.

Vite, il faut commencer la chimio, vite !

Non !!! D'abord LA grande question : métastases ou pas métastases ?

Suspense, suspense…

C'est parti pour une scintigraphie osseuse et un TEP scan.

Ça fait mal ? Comme la biopsie ? Non ?

Bilan de la journée : je suis radioactive, mais *a priori* il n'y a rien ailleurs.

Vite, il faut commencer la chimio, vite !

Arrête !!! Je risque de ne pas avoir d'enfants… Prélèvement d'ovocytes.

Coup du destin : je suis pile-poil dans ma période d'ovulation.

J'ai beaucoup de chance.

Je pense à celui qui me dira un jour, d'un ton séducteur : « Je veux faire un enfant avec toi », et à qui je répondrai : « Moi aussi, mon amour, prends rendez-vous avec le labo. »

Allez, je vais préparer… l'avenir.

Après m'être bien fait tripoter les seins, retour au minou.

4 février 2012

J'ai rendez-vous avec le professeur Hubert, qui s'occupe des fécondations *in vitro* à l'hôpital de Clamart. Pour le voir, n'importe qui met six mois. Moi, grâce à mon cancer : vingt-quatre heures !

Je regarde sur Google pour connaître un peu mieux celui qui va s'occuper de moi et de mes futurs enfants…

Waouh ! Trop beau !

- *Là, ma cocotte, faut tout donner.*
- Tais-toi, je stresse !
- *Comment on s'habille ?*

J'ai longuement hésité entre la fraîcheur Princesse Tam-tam et la sophistication Chantal Thomass.

Finalement, je suis partie sur un basique, efficace : Aubade !

Dans le bureau, banco, c'est au-delà de mes espérances : un professeur jeune, beau, et pas de bague au doigt !

Seulement, on n'est pas seuls. La psychologue, jeune et jolie, assiste malheureusement au rendez-vous, c'est la procédure…

Il m'explique qu'il va congeler mes ovocytes par prévention : comme ça, si la chimio fait trop de dégâts, je pourrai avoir recours à la fécondation *in vitro*.

Waouh ! En plus il est prévoyant, il pense à *notre* avenir.

Il propose que l'intervention ait lieu le lundi.

– Oh non, pas lundi ! Lundi, je vais chez l'acupuncteur. Le docteur Badault. L'acupuncteur des acupuncteurs. Tout Paris se bat pour le voir… enfin, tous ceux qui ont un cancer. C'est le meilleur ! Avec lui, pas d'effets secondaires après la chimio !

Il me calme, il va l'appeler pour moi.

Waouh ! On se connaît à peine et il prend déjà tout en main.

La psychologue est visiblement hyperjalouse. Elle l'embrouille :

– N'importe quoi ! Ce n'est pas à toi de t'occuper de ça.

Il la fait partir et on se retrouve, enfin, tous les deux.

Waouh !

Il me demande mon adresse e-mail, mon adresse postale, mon numéro de téléphone, ma date de naissance, mon numéro de sécu !

Puis se lève pour me raccompagner.

Oh non ! Non, non ! Mais pourquoi ? Il est *tout petit* ! Je n'aime pas les petits !

Lundi 7 février

Sept heures du matin, je me pointe au bloc, à l'hôpital de Clamart. Il y a l'anesthésiste, l'infirmière… et mini-Hubert. Il est très doux, très gentil, très avenant… je crois qu'il m'aime bien…

Il me positionne les jambes sur des étriers. Épilée à la perfection.

– Waouh ! je me suis rarement sentie aussi à l'aise…

Ça le fait rire.

Il fait sa petite affaire et je me retrouve en salle de réveil. Je rêve de lui !

Je me réveille au moment où il se pointe au-dessus de mon nez, alors je lui avoue tout, encore cotonneuse.

Ça le fait rougir !

Une fois requinquée, il me demande de l'accompagner dans son bureau.

Il m'a prélevé onze ovocytes sur seize !

Waouh, c'était génial.

Je suis sortie… fatiguée.

Sentir que je lui plaisais, dans ces circonstances, a été très jouissif. Son regard sur moi, c'était comme un doigt d'honneur à la maladie. Une caresse dont j'avais justement besoin…

Le lendemain matin, 8 février, je quitte ce petit paradis pour l'Hôtel-Dieu. Changement d'ambiance : pose du cathéter.

Aucune inquiétude.

J'ai hâte de commencer le traitement.

Un cathéter c'est : « Un dispositif médical qui va être inséré dans la lumière d'une cavité d'un vaisseau sanguin et qui permet le drainage ou l'infusion de liquides. »

En gros, un tube sous la peau qui va servir à m'injecter ma chimio. Ça va m'éviter d'avoir les bras tout bleus.

On me fait patienter.

C'est long.

– Il y a beaucoup de retard ? Non ! Ils m'ont oubliée !?! J'ai pas une tête de malade ! Bananes ! Je ne peux pas avoir l'air malade, je n'ai pas commencé la chimio !

Une fois la charlotte posée, la culotte retirée et la chemise bleue enfilée, je descends au bloc.

Je suis allongée sur une table glaciale et dure comme la Justice, la tête tordue sur le côté gauche avec un champ devant les yeux pour ne rien voir.

Le chirurgien, docteur Guillot, petit cinquantenaire un peu frêle, me dit que je vais avoir une petite anesthésie locale… et une petite cicatrice près de la poitrine.

J'ai tout de suite de petites larmes aux yeux.

Je veux que ça s'arrête…

– Ne vous inquiétez pas, ça sera très discret, me dit-il d'un ton sec et désagréable.

Il me pique pour m'anesthésier.

– Si vous avez mal, bien évidemment vous me le dites.

Il m'enfonce son scalpel.

– J'ai mal…

Il souffle, repique… et s'y remet.

– Aïe !

Il s'agace.

– Je ne vais jamais pouvoir faire l'intervention si vous ne faites que vous plaindre !!!

Je me tais.

Au bout de vingt minutes, la bouche en cœur, il me demande :

– Vous avez eu mal ?

– Oui.

– Ben, fallait le dire !!!

De retour dans ma chambre, je ne peux plus bouger, c'est horrible.

Je suis terrifiée. Je dois vivre avec ce truc dans le corps. Je le sens et ça me fait mal… Et c'est dans ces moments-là qu'une infirmière te demande d'estimer ta douleur sur une échelle de un à dix !

– Bah… 3

– *Menteuse.*

– Oui oui… 3…

– *Dis donc, cocotte, on est au moins à 7 !*

– Tais-toi.

– *Pourquoi tu minimises ?*

– Je me laisse une marge pour la suite.

– *Je peux me battre pour lui faire la peau à cet enfoiré !*

À partir de ce jour-là, je n'ai plus douté de vaincre cette « chose » et je me suis mise à constater tout un tas de bénéfices secondaires. Ils n'effacent pas le cancer, c'est sûr, mais ils donnent le sourire... Oui, tout n'est pas pourri dans le cancer...

Tiens, par exemple, Pénélope arrive avec un cadeau : deux pyjamas !

Premiers bénéfices secondaires, premiers d'une longue liste.

Bon, jusqu'à présent, des pyjamas, j'en ai jamais vraiment eu l'usage...

Mais, ces pyjamas, sans le cancer, je ne les aurais jamais eus !

Les cadeaux, l'abonnement gratuit à la salle de sport, les taxis gratuits, la sécurité de l'emploi (on ne vire pas une cancéreuse), passer devant dans toutes les files d'attente, ne plus jamais avoir à inventer une excuse.

Et puis mon préféré : quand on dit à un homme qu'on a un petit cancer, il nous aime un petit peu plus.

15 février 2012

Première chimio.

Je me retrouve dans une chambre face à Notre-Dame, il y a mes parents, au fond du seau…

– Arrête de pleurer, maman.

– Je pleure pas.

Elle m'angoisse.

– Arrête !!!!

– Tu te rends pas compte, il n'y a rien de pire pour une mère que de voir son enfant malade, je préférerais que ce soit moi.

– Eh bien, il ne manquerait plus que ça ! Je t'assure, maman, je préfère que ce soit moi. Et à partir de maintenant, ne pleure pas devant moi. Ça ne m'aide pas.

– Bon, si c'est comme ça… très bien… très bien… Ça vaut le coup, cette vue sur Notre-Dame !

Putain, elle n'en rate pas une !

– Maman ! N'exagère pas non plus !

L'infirmière fait sortir mes parents. C'est parti. Prise de sang, saturation, tension…

Je ne veux pas perdre mes cheveux.

Ils me proposent le casque réfrigérant !

Le truc te glace le crâne. Le but : resserrer les pores pour éviter la chute.

Ça fait hyper mal.

Ils me gardent la nuit sous surveillance. De toute façon, je suis crevée !

Vers minuit, j'ai une petite faim. J'appelle Pénélope :

– Tu sais ce qui me ferait plaisir ? J'ai envie d'un truc gras… avec des frites… et de la sauce *potatoes*… J'en rêve !

J'aspire le fond de mon soda à la paille, comme une enfant…

– Tu crois qu'ils vont tomber pile-poil dans quinze jours ?

– C'est ce que m'a dit mon oncologue. J'appréhende, quelle tête je vais avoir ? T'as vu mon front ?

– On s’en fout, t’es belle.

– On va tout de suite voir que je suis malade.

– Mais non, il y a plein de filles qui se rasent la tête.

– Hétéros ?

– Oui, ben ce sera peut-être l’occasion de t’ouvrir à de nouvelles expériences…

– Qu’est-ce qu’ils vont penser, au taf ?

– C’est important ?

– Et si je ne plais plus à personne ?

– Mais si…

– Et si je plais à quelqu’un en étant chauve, qu’est-ce que je vais faire ?

– Bah, tant mieux, je comprends pas…

– Mais ça n’est pas moi, je ne vais pas rester chauve toute ma vie…

– Écoute, qu’est-ce que tu penses des chauves ?

– Que c’est moche !

– Bon… ben… sinon, il y a les perruques…

– Ah non ! Jamais !

Après, je scrute mes cheveux.

Les premiers jours sont rassurants. Péné et moi, on passe la main dans nos cheveux et on compare…

– T’en as combien ?
– Deux, et toi ?
– Deux ! Ça va. Pour le moment, ça va.

Elle me traîne de force chez le perruquier…

On est accueillies par une nana qui, connaissant la situation, se sent obligée d’en faire trop. L’enfer. Un peu trop gentille, un peu trop d’énergie, un peu trop bavarde… Vous savez, ce genre de personne qui rend le positif angoissant ! Plus elle me sourit en me disant que tout va bien se passer, plus j’ai envie de prendre un Xanax.

Elle ne sait pas la gueule que j’aurai sans cheveux, mais elle sait quand même que ça m’ira bien :

– Écoutez, vraiment, Noémie, c’est génial, vous avez un très joli crâne, et avec ces grands yeux tout va très bien se passer !

C’est parti !

Première étape : simuler d’être chauve à l’aide d’un filet. Là… elle est beaucoup moins sûre qu’être chauve ça m’ira bien.

– Vous savez Noémie, là, ce n'est pas idéal... il y a une mauvaise lumière... c'est bien simple, on ne se rend pas compte, du coup on ne peut rien dire, vous voyez... Mais je suis sûre qu'avec une autre lumière, dans un autre décor, dans d'autres circonstances, je suis certaine que ce serait... différent.

Deuxième étape : essayage de perruques. J'oublie Hystéria et je tente de m'amuser. J'essaie des coupes improbables. Blonde, brune, rousse, frisée, raide, afro... Quelques larmes quand même...

Troisième étape : je choisis un châtain clair avec effet balayage très lumineux, légèrement effilé, juste ce qu'il faut, avec une jolie mèche qui souligne parfaitement l'ovale de mon visage. Ma coupe, quoi !

Je remercie Péné, je peux ENFIN perdre mes cheveux !

2 mars 2012

Les médecins se trompent rarement. Quinze jours après ma première chimio, hop ! mes cheveux ont commencé à tomber.

Sacré souvenir…

Dimanche midi, à table, entre père et mère, une mèche qui tombe.

Ma mère se met à chialer.

– Bon, bah, ce n'est pas si grave, maman, on le savait… Allez ! Y a plus grave. Et puis, j'suis là…

Il n'y a rien à faire. Elle pleure, elle pleure, elle pleure.

Mon petit frère arrive, il voit la mèche sur la table, il lâche son portable tout neuf… mort !

– Manquait plus que ça ! s'écrie ma mère. Entre ta sœur qui perd ses cheveux et toi qui pètes ton portable, ah, je suis gâtée avec vous !

Le lendemain matin, dans la salle de bains, je me démêle les cheveux.

Je suis toute seule.

Je les perds à vue d'œil.

J'ai envie d'appeler quelqu'un.

Je ne sais pas qui.

J'ai mal. J'ai mal au cuir chevelu. J'ai mal à mes cheveux qui tombent.

La nuit suivante, je dors avec un bonnet.

Au petit matin, je rase tout !

Bon, moi, dans ces cas-là, je suis un cliché ambulant. Un coup dur… par exemple… j'sais pas, moi… Ah ! t'as plus de cheveux ! direction les boutiques !

Un jeans, j'en ai plein… des chaussures, plus de place… Ah, tiens, pourquoi pas un foulard ? La bonne idée !

Je n'ai pas regardé le prix, si j'ai bien compris c'est un investissement sur le long terme.

Il s'avère que je n'ai jamais su le mettre. On n'imagine pas, mais ça glisse quand on a plus de cheveux !

Quant à la perruque, définitivement, je ne la supporte pas. D'abord, ça gratte au front, ensuite j'ai l'impression de me mentir, de ne pas être moi.

Et puis, on me dit tellement que ça me va bien d'être chauve… C'est comme ce jeans que l'on déteste, on le met une fois, et là, tout le monde adore, du coup on finit par l'adorer aussi…

Péné m'a appris à me maquiller. Comme maman ne se maquille pas, je savais pas.

J'ai redécouvert les contours de mon visage, de mes yeux, de ma bouche.

J'ai pris du plaisir à patiemment me mettre du crayon, du rouge à lèvres.

J'ai ri quand j'ai mis trop de Terracotta et qu'on croyait que je revenais des sports d'hiver. J'ai vite compris que trop de maquillage faisait de toi une pute, ou un clown, ou une pute qui fait le clown, ou un clown qui fait la…

J'étais toujours très bien épilée ; ça, c'est la chimio qui s'en est occupée.

Et, petit plus, tu as la peau douce, mais douce…

J'ai eu envie de m'habiller en robe, en jupe… je me suis sentie tellement femme… plus que jamais…

– Ma tante, qui a eu le même cancer que toi, ressentait la même chose !

– Ah ! et elle va bien ?

– Euh, non, elle est morte !

C'est ce que j'appelle une phrase à la con. Autant vous prévenir, il va y en avoir d'autres, et pas plus tard que maintenant !

La première fois que j'apparais publiquement chauve, c'est un dimanche, dans mon village, à la brocante. Forcément, j'ai un stand.

Il y a un brin de soleil, je sors crâne nu. En partant de la maison, mon petit frère me demande si je suis vraiment sûre… sûre de pas vouloir mettre ma perruque…

Je suis contrariée. Je me rends compte qu'il faut aussi que mes proches s'habituent à cette nouvelle tête.

Arrivée sur le stand. Un homme s'approche :

– Ça te va bien, Noémie, cette coupe !

– Oui… Coupe, j'sais pas… Je suis chauve.

Une femme se penche vers moi :

– Tu as bonne mine ! On dirait pas que tu es malade !

Bah couillon ! Je ne sais pas ce qu'il te faut ! J'ai plus de cheveux, le teint pâlot, les yeux creux, et si je ne me lève pas pour te dire bonjour c'est parce que je suis trop crevée pour bouger !

Heureusement qu'elle ne m'a pas dit que j'allais m'en sortir, parce qu'avec son sens de l'observation, j'étais sûre d'y passer dans le quart d'heure !

Un ado :

– Je peux t'embrasser le crâne ? J'ai match cet après-midi, il paraît que ça porte bonheur !

– Non !!!

Il le fait quand même et se barre en courant !

Une femme :

– Je vous prends la peluche, mon mari passera la chercher, je lui dirai que c'est la fille qui est chauve !

– Connasse !

Une autre femme :

– Quand on te voit chauve comme ça, ça donne presque envie d'avoir un cancer !

Ça, pour ma mère, c'est la phrase de trop. Elle lui rétorque :

– Et toi, ça va ? Ça n'a pas l'air ! C'est vrai que des jumeaux à quarante-cinq ans, ça ne pardonne pas ! Et puis ton mari qui ouvre sa boîte de transport en période de crise ! C'est pas futé, ça ! Enfin, avec Stéphanie, hier, il avait l'air gai… comme un pinçon ! Tu nous prends le grille-pain à dix euros ?

Merci Maman, je suis fatiguée.

– Oh, t'es belle ma fille ! Et puis t'as un beau crâne ! Et puis tes oreilles sont bien collées ! Oh non, vraiment, je t'ai bien réussie !

C'est la première fois qu'elle me le dit… il a fallu que je me retrouve… la boule à zéro…

Les gens qui passent me voir se sentent obligés de m'acheter mes reliques ! Et sans négocier…

Fin de matinée, je double les prix, à 14 heures j'ai tout vendu, à 16 heures je suis à la sieste !

Vous vous souvenez de la grande question shakespearienne : métastases ou pas métastases ? *A priori* je n'avais rien, hein ?

Tu parles ! Iago !

Lors d'une échographie de routine, l'échographe, maladroit, timide, à demi timbré, me dit :

– Je vois que vous avez un carcinome du sein gauche, etc. Ah, vous avez aussi des métastases sur les vertèbres !

– QUOI ?

– Hein ?

– QU'EST-CE QUE VOUS AVEZ DIT ?!!!

– Quand ?

– Là !

– Heu… vous… métastases… vertèbres…

– Mais je ne suis pas au courant ! Vous devez vous tromper de dossier, monsieur !

Il valide, il confirme : je pleure, je pleure, je pleure !

Je suis emportée par l'angoisse. Ils m'ont menti. Je suis en phase terminale.

J'appelle mon oncologue dépressive :

– Je vais mourir, c'est ça ?

– Noémie, il ne faut pas vous inquiéter, nous nous occupons de tout ça, il faut rester positive.

– Pourquoi vous ne me l'avez pas dit ?

– On peut se poser cette question, c'est légitime et je le comprends. La réponse est toute simple. Je ne voulais pas vous faire peur.

– RATÉ !

– Je vois, enfin j'entends plutôt, que vous êtes troublée. Je vous assure, et vous pouvez me faire confiance, ce n'est pas grand-chose, Noémie, ça va disparaître avec le traitement, faut y croire.

Y croire !? Voilà, c'est ça !!! C'est une entrée en religion, avoir un cancer. Faut avoir la foi. En quoi ? En dieu Guérison, surtout, même si c'est une religion polythéiste, il y a aussi le dieu Traitement et le dieu Médicament, qui ont tous comme représentant le clergé en blouse blanche… Moi, perso, je ne sais même pas très bien où je me situe avec l'autre Dieu… C'est un peu le bordel… Je crois en l'âme qui s'élève, aux anges et à la réincarnation… Je ne sais pas trop en quoi ça va me servir sur ce coup-là… Alors, devoir épouser une nouvelle religion, un dogme et tout le tintouin, c'est pas une évidence… Enfin, heureusement, ils ont toujours de bons arguments… Ah bah, ils ne se font pas chier. Ils vont direct à la question de vie ou de mort, ils tapent fort tout de suite… Tu crois, t'es sauvé ; tu crois pas, t'es damné. Ça pose le débat tout de suite…

Je dis ça, mais en réalité je leur fais confiance et je me sens en sécurité à l'hôpital. Je suis une bonne fidèle…

Oh, mais tu vas voir, tu vas voir qu'en maladie nosocomiale ils vont m'avoir refilé la foi, les cons !!!

Les chimios s'enchaînent. Je vous passe tous les examens de routine, comme celui de l'échographie cardiaque pour voir si mon cœur tient le coup.

Même si la dernière a été, comment dire... un vaccin à la pudeur. Au moment de faire l'écho, le médecin me demande si ça ne me dérange pas de faire entrer quelques internes... Je n'allais pas dire non. Là, ils sont huit, en arc de cercle autour de moi, que des garçons ! Et moi j'ai les nichons à l'air...

Mon dieu que je suis à l'aise !!!

Pour détendre, j'essaie l'humour :

– Maintenant vous savez ce que c'est, des jolis seins, hein ?

Silence de mort. Deux, trois se succèdent pour me faire une écho cardiaque. Ils m'ont fait un mal de chien, mais je n'ai rien dit de peur qu'ils soient obligés de recommencer...

Les chimios se suivent donc, mais ne se ressemblent pas. Désormais, ma vie, c'est chimio, boulot, dodo.

– *J'ai envie d'un câlin.*

– Oh là là... moi, pas du tout...

– *Dis donc, ma cocotte, ça fait longtemps qu'on nous a pas... heu...*

– Bouffé la chatte !

– *Classe !!!*

– J'ai pas envie, j'ai pas de désir, je suis fatiguée...

– *On en a besoin. Je te parle pas de baiser à tout va, mais moi je ne serais pas contre me sentir désirable dans les bras de... j'sais pas... Alan, tiens...*

– Oh non.

– *Pierre ?*

– Je n'y arriverais pas... En plus, mon corps... résiste... Je ne mouille plus...

– *Ça, c'est la chimio, ma cocotte, c'est pas toi... Tu sais qui on devrait appeler ?*

– Ouiiii...

Quand Simon est arrivé, il a glissé sa main sur ma nuque, il m'a embrassée tendrement, il a eu l'élégance de me regarder comme si j'avais toujours été chauve, il a posé un regard doux sur mon crâne nu, il n'a suffi que de ça pour que je m'abandonne...

Enfin, que je m'abandonne... heu... avec mon cathéter qui me défonce la poitrine, une sécheresse vaginale et une tumeur dans le sein, ça reste très cadré comme abandon… mais ça ne l'a pas empêché d'arracher les volets, ce cher Simon…

Ça peut paraître con, mais ça m'a rassurée.

J'avais relancé la machine. Du coup, enthousiaste, j'ai appelé Tony…

Lui, quand il m'a vue chauve… il a eu un problème de voiture mal garée, je ne l'ai jamais revu !

Je peux comprendre, ça peut faire peur… Il y a aussi les hommes qui n'osent plus me toucher les seins, c'est à peine s'ils les regardent ! Ça devrait m'arranger, je n'ai jamais aimé qu'on me les touche. Mais maintenant qu'ils les dédaignent consciencieusement, je me sens… délaissée, dépossédée… différente. Ils sont pourtant beaux !

Bientôt, je devrai peut-être dire :

– Il est beau ! Il est beau, mon sein droit !

Le gauche est sur la sellette…

La perte des cheveux, ça paraît insurmontable, mais en fait c'est une question de temps, ils finiront par repousser…

L'ablation… Faut pas paniquer, faut pas paniquer !? Heu… là je panique quand même un peu, un tout petit peu !!!

Même si on me met une prothèse, je n'aurai plus jamais de mamelon… je ne serai plus jamais… Bon, je n'en suis pas là. Il faut déjà que la tumeur ait diminué pour qu'on puisse m'opérer.

10 mai 2012

Douze semaines de chimio plus tard.

Quatre jours que François Hollande est président. Je suis plutôt euphorique, on ne savait pas encore…

Et comme un drame n'arrive jamais seul…

Le staff se réunit. La tumeur n'a pas diminué.

Alors là, c'est la panique.

Changement de traitement. On accélère. On passe en mode *Platoon*. Ça va bien, la guéguerre, maintenant c'est largage de napalm.

Une chimio en intraveineuse par semaine et une chimio orale : trois cachets par jour.

Je n'ai pas le droit de manger de pamplemousse.

OK !

Bon, là, j'aurais bien voulu avoir l'espace pour déprimer et m'inquiéter sur l'état de ma tumeur, mais je n'ai pas eu le temps parce qu'arrivent d'un coup toutes sortes d'effets secondaires. C'est un peu un spectacle de Brachetti sur les effets secondaires… Tu as un ongle, hop t'as plus d'ongle ! Tu as des cils, hop t'as plus de cils !

Heureusement que le docteur Badault fait des merveilles ! L'acupuncteur des acupuncteurs ! En costard et nœud pap' ! Le meilleur acupuncteur de Paris. Sauf qu'il faut avoir un cancer pour le voir. Mais quand tu as un cancer, c'est le meilleur !

Avec Badault, pas d'effets secondaires !

Les cheveux ? C'est pas de sa faute, il n'a rien pu faire, tout est tombé, c'est pour tout le monde pareil !

Les cils et les sourcils ? Je les ai gardés jusqu'au bout… jusqu'au bout du premier protocole. Parce qu'avec le nouveau, là non plus, il n'a rien pu faire, tout est tombé.

Les ongles ? Pareil. Au deuxième, bah, là aussi, ça m'a fait de la peine pour lui ! Il n'a rien pu faire, tout est tombé.

Mais, docteur Badault, grâce à vous : pas de picotements dans les mains ni dans les pieds... Merci...

J'oubliais : la diarrhée. Comme pour les cheveux, les ongles, les cils et les sourcils, il n'a rien pu faire, le pauvre docteur Badault, tout est tombé !

Un jour... mon Dieu !... Je suis avec Pénélope, elle n'était pas bien, elle était grippée, ça n'allait pas du tout, du tout, du tout... la petite chérie...

Je l'accompagne à la pharmacie, et là, une irrépressible envie de...

On m'avait prévenue, ça pouvait arriver... eh bien ça arrive !

Je ne peux plus bouger, pas un seul pas... La sueur perle sur mon front... J'ai l'impression que tout le monde ne voit que ça.

Ok, je ne peux pas rester plus longtemps plantée là...

Je décide de m'asseoir... À cinq mètres, une chaise pour personne âgée me tend les bras, cinq mètres, Je peux les faire ! Cinq mètres !!!

Ouais !!!

J'attends un petit répit, je plante Péné dans la queue et je sors.

Dans la rue, un monde fou. Je regarde autour de moi, le plus près c'est le Quick ! Et là, ça recommence !!! Plus question d'avancer !

Et merde ! Je me retrouve nez à nez avec Sylvain ! Je ne veux pas qu'il sache ! Je prends mon téléphone et fais semblant d'envoyer un texto... Il s'arrête devant moi :

– Merci de m'avoir rappelé, Noémie ! Maintenant que tu vas mieux, plus de nouvelles. Classe, vraiment !!!

– Hum... hum... hum...

Et il parle, il parle, je ne sais même pas ce qu'il me raconte...

– Hum... hum... hum...

– C'est tout ce que tu as à dire ? Merde !

– Hum...

J'y retourne... Je fais des micropas en serrant les fesses.

Arrivée au Quick, le serveur me renseigne :

– Les toilettes sont en bas, mademoiselle... au deuxième sous-sol...

J'arrive devant les toilettes. Faut un code ! C'est foutu ! Non ! Là... un mec assis devant son double cheese. Sur son plateau, un ticket de caisse. Sur le ticket, le code ! Le code !!!

– S'il vous plaît, monsieur… j'en peux plus !

Je vous passe les détails.

En sortant, forcément, il y avait quelqu'un qui attendait… la honte… La seule chose qui m'est venue à l'esprit, ça a été de lui dire :

– Bon courage, parce que… pppfff, l'odeur… y a vraiment des gens… j'ai pas pu, je suis ressortie tout de suite !

Cette chimio, ça me tue !

Oups, retour de monsieur code :

– Excusez-moi, mais malencontreusement j'ai entendu ce que vous disiez, eh bien chapeau bas, vous avez l'air en forme ! Parce que là… y a ma belle-mère, Laure… qui sort de… Et mon beau-frère, Pierre, ça va, il continue de faire son jardin, mais bon… ils lui ont trouvé un truc à la prostate, je ne suis pas confiant… Et puis l'année dernière, Valérie, la voisine de mon cousin Romain… au passage piéton… paf ! un scooter… on n'a rien pu faire. Comme quoi, il y a pire que le cancer ! Moi, jusque-là… mais bon… va encore falloir que je bosse deux ans jusqu'à ma retraite, et avec mon allergie aux chats… Allez, je vous laisse, ma femme m'appelle ! Courage !

Je n'aimerais pas être dans la tête de celui-là ! Quand on est malade, pour certains, il y a cette idée, étrange, que nous sommes un réceptacle à histoires pourries.

– Je peux lui raconter toute ma merde, elle a un cancer, elle a l'habitude !

Ou bien :

– Attends, on ne va pas lui raconter des trucs cools, elle a un cancer.

C'est même ce qu'ils attendent de nous. Du glauque. Si tu commences à dire que tu vas bien, alors là, tu es louche ! T'as droit au petit regard compatissant qui te dit :

– Hum, tu dis ça parce que tu ne vas pas bien… parce que tu as un cancer !

Ou le regard légèrement condescendant :

– Ça, c'est le déni…, mais, en fait, tu ne vas pas bien… parce que t'as un cancer !

Je sors du Quick, j'ai perdu Péné, pas la force ou l'envie de l'appeler, faut que je me tire d'ici.

Un taxi passe, je m'engouffre dedans et je donne l'adresse de Simon.

J'appelle pas, je vais lui faire une surprise.

En bas de chez lui je regrette, au premier étage

je déboutonne mon chemisier, au deuxième j'ai envie de mourir, au troisième j'ai envie de lui… Je sonne et là… une sublime demoiselle m'ouvre…

– Ah… heu… oui… pardon… heu… je suis pas chez Simon ?

Elle sourit, me fait entrer. Simon arrive, heureux de me voir. Je suis un peu décontenancée. Il me présente la gravure de mode : Estelle.

Je veux partir, Simon me retient. On boit un verre, puis deux, puis trois, puis… J'apprends qu'Estelle vient de perdre un proche. On la console. Simon se tourne vers moi…

NON ! Je ne parlerais pas de mes morts, pas envie, pas aujourd'hui.

Entre deux verres et deux sanglots d'Estelle, on rit à des blagues pourries. Et d'un coup… je ne saurais dire qui a commencé quoi… mais Estelle m'embrasse, j'embrasse Simon, ils s'embrassent, tout le monde s'embrasse. C'est le bordel. On fait voler les tissus et on se retrouve nus.

Emmêlés, enchevêtrés, tristes, joyeux, abandonnés, hystériques, timides… En quête d'un soupir ensemble. Nous avons passé la nuit, toute la nuit, à rire et se faire jouir…

On est en juin. Le temps passe vite !

Je m’habitue.

Ma mère aussi s’habitue. Quand elle monte à Paris, elle préfère faire les magasins :

– Je vais pas la déranger, il faut qu’elle se repose !

Souvent, il y a de l’attente avant qu’ils me branchent. Du coup, je papote avec ma voisine de chambre.

Pas n’importe laquelle ! Avant d’entrer dans une chambre, je regarde par le hublot pour ne pas choisir une « phase terminale »...

– Bla, bla, bla, bla, bla... Voyez, j’ai eu un cancer du sein il y a dix ans et, depuis, j’ai fait deux récidives !

– Ah dites donc... c’est bien tout ça... c’est bien... Ah ! Il est déjà 18 heures !

– Oh là là... ça passe vite ! Il faut que j’y aille !

Je bouquine, je mange, Pénélope me rend visite, j’apprends à faire rien, ce qui est très différent de ne rien faire... Je me projette dans un ailleurs, où j’irai un jour, bientôt... Je rêve à un homme, ou deux... à une vie... ou deux...

Ma mère débarque en fin de journée, toujours avec un petit cadeau... et éreintée...

– Oh, là, là, je suis fatiguée, fatiguée ! Je n'ai fait que marcher ! Au moins dix kilomètres ! C'est bon de prendre l'air… Je ne sais pas comment tu fais pour rester enfermée une journée entière dans cet hôpital ! Moi, je ne pourrais pas. Tu me diras, tu ne te rends pas compte, tu es à moitié abrutie avec tout ce qu'ils te donnent !

Trois mois après le début du nouveau traitement, je suis crevée, mais les résultats sont positifs, mon corps a superbement bien réagi à cette chimio.

En revanche, j'ai pris du poids, sans raison apparente. J'ai le ventre gonflé.

Et si j'étais enceinte ?!

– *Alors là, ma cocotte, c'est la tuile !*

– Mais je suis capable de donner la vie !

– *N'importe quoi, c'est dangereux !!!*

– C'est une fille, un garçon ?

– *Hé, ho ! Qu'est-ce qu'on va faire d'un enfant maintenant ?*

– Faudrait que je change d'appartement.

– *Stop ! On va surtout subir un avortement. Réveille-toi, ma cocotte… Qui est le papa ?*

– Oh putain.

– *Qui ? Qui ? QUI EST LE PAPA ?*

– Je sais pas…

– *Ah bravo !*

– J'ai peur…

– *Oui, bon… pas de panique… si ça se trouve, on fait un peu d'aérophagie et puis c'est plié…*

À la pharmacie, la fille me dit qu'effectivement je devrais par précaution faire un test de grossesse.

– Treize euros s'il vous plaît, mademoiselle.

– Treize euros ?! Je ne vais pas payer treize euros, alors que j'ai un cancer du sein ! Je suis à 100 % moi !

Elle me regarde bizarre… Avec un cancer du sein, sous chimio et hormones, enceinte ? Impossible.

– *Alors, cocotte ? négatif ?*

– Négatif…

– *Eh bien voilà… oh, tu as le don de me mettre dans des états… j'avais une boule… j'étais tout brouillé… enfin, ça se termine bien, c'est le principal.*

– Oui, c'est ça… Négatif… C'est bien…

– *Du coup… on… on appelle Simon ? Bah quoi… je suis tout chamboulé… J'ai besoin d'un câlin…*

Fin du protocole.

Place à l'opération tant redoutée. Ablation ou pas ablation ?

4 août 2012

Matinée marathon qui démarre à l'Hôtel-Dieu avec une écho du sein pour voir la taille de la tumeur.

Miracle ! Elle est passée de soixante-cinq millimètres à vingt-deux !

Ils me mettent une aiguille dans le sein à la fois pour la cibler et pour que le chirurgien puisse l'ôter.

Déjà dix heures, l'opération est prévue dans une heure à l'hôpital Cochin. J'y vais à vélo, envie de voir Paris et de sentir le vent, les parfums et les gaz d'échappement.

Je ne suis pas du tout conditionnée à aller me faire opérer.

J'arrive à l'hôpital en sueur… Le temps de trouver le bâtiment : un vrai labyrinthe, ces hôpitaux.

Me voilà dans le service de chirurgie, mes Pénélope sont déjà là… je suis grave à la bourre !

Le docteur Guillot, vous vous souvenez ? Celui du cathéter ? Oui oui, c'est ça, le monsieur aimable… Eh bien, il est furieux ! Je me prends une avoinée : je suis venue à vélo, je suis inconsciente, mon ciblage aurait pu bouger.

Ma mère en remet une couche :

– Ah non, vraiment, venir se faire opérer à vélo ! Si ça se passe bien, on a du bol ! Toi qui voulais garder ton sein, là c'est sûr ils te l'enlèvent !

Charlotte posée, culotte retirée, chemise bleue enfilée, je descends au bloc.

La table, toujours glaciale et dure.

Mes nerfs cèdent, j'appréhende l'opération.

Et si j'avais une ablation… et si je tombais dans un coma profond… et si je mourais…

L'anesthésiste presse sur la seringue, le liquide blanc commence son parcours dans mes veines…

– Vous me réveillez, déconnez pas !

… Et me voilà dans les bras de Morphée.

Je me réveille pleine de Scotch.

Ouf, « il » est toujours là !

Guillot, étrangement calme et gentil, roule les mécaniques, trop content de lui !

Il a retiré la tumeur et quelques ganglions de la chaîne ganglionnaire.

Il tire sur les pansements comme un cinglé et me montre mon nichon, mon nibard, mon sein, ma pomme, mon robert : aucune cicatrice, trois petits points autour du mamelon ! Il me prend la main, je lui serre la sienne… Il sourit, moi aussi…

– Merci, docteur.

– Oui. Bon. Allez. Ça va. À plus tard.

Toujours sec, mais aussi pudique.

Il quitte ma chambre précipitamment.

Quelques séances de drainage lymphatique plus tard, les médecins m'accordent quinze jours de vacances.

Pause.

Début septembre

C'est tout nouveau, tout beau, la radiothérapie ! J'en ai pris pour trente-cinq séances à l'hôpital Tenon. Ne vous inquiétez pas, c'était prévu !

Le plus fatigant dans la radiothérapie, c'est que je me tape une heure de trajet pour rester cinq minutes.

Avant, ils m'ont tatouée de petits points sur la poitrine. Oui, tatoué ! J'ai bien dit : tatoué… un souvenir pour toute la vie !

20 octobre 2012

Les trente-cinq séances finies, reprise de la chimio.

Et comme je supporte particulièrement bien la chimio orale, ça serait bête de l'arrêter ! Donc, on continue ! Herceptin, Tyverb et le petit nouveau, une hormonothérapie, le tamoxifène… Courage, c'est la dernière ligne droite ! Plus que neuf mois et c'est la rémission !

Mon cathéter ? Je l'ai complètement adopté, il ne me fait plus mal, je le sens plus du tout.

Je vais plutôt bien et j'ai un projet, je fais le guide Michelin des hôpitaux !

Je commence à être pointue sur le sujet…

Je fais partie des dernières patientes de l'Hôtel-Dieu !

C'est moi qui ai fini les fonds de chimio !

J'adorais cet hôpital... C'était quand même la classe, franchement, il y avait une vue imprenable sur Notre-Dame.

Certes, aucun ascenseur ne fonctionnait... enfin si, un seul, celui de service, mais fallait bien s'entendre avec les infirmières pour avoir le tuyau.

Je suis nostalgique... Pèlerinage à l'Hôtel-Dieu quand il a fermé... Arrivée devant un bâtiment vide, sombre, fermé au public... Même à moi !

J'étais toute retournée...

Tiens, je lui mets trois étoiles. On n'oublie jamais sa première fois...

Hôpital de Clamart : celui-là, je ne l'ai pas beaucoup fréquenté, mais il y a une partie de moi là-bas. Onze mignons petits ovocytes congelés dans un frigo. Et le grand professeur Hubert !

Clamart, bref mais intense.

Bon, allez, lui aussi je lui mets trois étoiles.

Pompidou !

Pourtant, ça n'était pas gagné gagné, quand on m'a annoncé qu'on allait me soigner dans un hôpital qui porte le nom d'un mec mort d'un cancer...

Erreur ! C'est la classe à Dallas. Je ne sais pas si vous connaissez, mais sublimes locaux, immense verrière, douches à l'italienne, chiottes avec compartiments caca et pipi, et la cafèt' avec ses beignets au chocolat…

Limite je suis pressée d'y aller !

Et je ne parle pas de l'équipe !

Non, vraiment, Pompidou : « Merci pour ce moment ! »

Cinq étoiles !

L'hôpital Tenon, j'y ai subi la radiothérapie.

Je m'y suis fait une copine. En attendant notre tour, elle me dit :

– Vous aussi ça vous brûle, les rayons ?

– Non, non, moi j'ai de la chance, je me fais conjurer par ma tante, elle barre le feu ! Ça marche super bien, vous devriez essayer ! Donnez-moi une mèche de cheveux.

– J'aimerais bien, mais c'est une perruque.

– Ah.

Tenon, une étoile !

Et puis il y a Cochin ! Lui, on peut dire qu'il m'a marquée ! Cathéter, opération…

Le petit plus de Cochin : les infirmières à la voix qui porte !

Qu'il soit 15 heures, 22 heures ou 5 heures du matin, elles hurlent dans les couloirs et entrent dans ta chambre en trombe :

– TOUT VA BIEN, MADEMOISELLE ?!!

Je vous assure, ce n'est pas reposant d'être à Cochin !

Deux étoiles.

Décembre 2012

Encore six mois.

Nouveau projet, légèrement soufflé par ma mère : acheter un toit pour l'avenir… Bon, les derniers mois n'ont pas été d'une grande économie, la peur de mourir a eu un effet néfaste sur mes finances…

Vous avez déjà vu un coffre-fort suivre un corbillard ?

Il me faut un prêt.

Et un prêt, quand tu as un cancer… Hmmm…

Le banquier n'ose pas me dire non, mais sur son écran ça clignote rouge : « Déconne pas Frédo, elle peut clamser à tout moment ! »

J'ai pas insisté. Je vais attendre pour l'avenir…

31 décembre 2012

Je suis pressée de changer d'année, en espérant qu'elle sera meilleure.

À minuit une, les messages déboulent :

« Bonne année Noémie, et puis la santé surtout ! »

« Bon Noémie, la santé ! On peut te souhaiter que la santé à toi ! »

Comment oublier ce putain de cancer ?!!!

Pas grâce à mes proches, en tout cas !

« Noémie, la santé la santé la santé. »

J'étouffe ! Je n'ai plus envie qu'on me souhaite la bonne année. Et pas plus de la souhaiter, d'ailleurs !

J'ai une idée. Je vais fêter l'anniversaire de mon cancer ! Il a un an ! Un an qu'on se connaît. Le matin, il est là… le soir, il est là, on s'accompagne, on décide de ce qu'on fait ensemble (certes, il décide plus souvent que moi), on se dispute parfois.

Il est Capricorne, moi Scorpion… Il demande beaucoup d'attentions, il me pompe toute mon énergie…

Je me retrouve toute seule avec mon brownie d'anniversaire, je l'emporte au boulot. Là, je convoque tout le monde dans le bureau de ma directrice.

Retour de chimio oblige, j'ai mis dix minutes à souffler la bougie.

La fin du traitement approche. C'est l'heure du bilan :

– C'est formidable, Noémie, me dit ma molle oncologue, vous réagissez très bien ! Donc… on continue !

– Hein ? Quoi ? Mais c'est pas ça qui était prévu !

– Mais enfin, Noémie ! Pas d'effets secondaires gênants, un cœur en béton… on continue ! N'oubliez pas : restez positive et dynamique.

Bon… on continue. J'en reprends pour deux ans… deux ans ! C'est pour éviter la récidive…

– Je sais plus où j'en suis.

– *Tu es en traitement.*

– Ça veut dire quoi ? C'est comme une rémission ?

– *Mais non, cocotte, la rémission c'est les cinq ans qui suivent l'arrêt total de la chimio. Tu es en traitement.*

– Je l'ai encore, le cancer ?

– *Bah non, cocotte, on nous a retiré la tumeur.*

– Oui, mais il y avait des microcalcifications ?

– *On a fait le plus gros, maintenant on est en vitesse de croisière… C'est comme dans les manèges, quand tu fais un tour de manège, un gros manège, un truc bien flippant : tu montes, tu mets la ceinture, tu rabats l'espèce de barre qui doit t'empêcher de mourir et t'attends… Ça démarre, il y a toujours un petit temps de préparation au début, il se passe pas grand-chose, on te met dans l'état doucement, tranquillement, tu commences à flipper, et puis tout à coup, pam ! c'est parti, t'es trimballée dans tous les sens, tu sais plus où tu es, tout va à cent à l'heure, t'es pas loin de vomir, t'as peur, l'adrénaline qui pète les scores, les entrailles qui pleurent, le cœur qui râle, la tête qui explose, tu demandes pardon pour que ça s'arrête, tu serais prête à prier, c'est l'anarchie, et puis boum ! le calme, ton corps tout entier est encore en action, tu as la résonance de tout qui dure, t'as les images qui défilent, tu ne sais pas bien, c'est fini ou pas ?... T'es dans ton wagonnet qui avance doucement, c'est pas fini... Mais t'es dans la dernière phase, la calme, celle qui se souvient de la tempête et qui te ramène au port...*

Aujourd'hui, mon cancer ? Je n'y pense pas et tout le monde s'en fout...

En soirée, passé l'entrée, j'ai souvent un coup de barre. Faut que je rentre... il y en a toujours un pour me sortir :

– Arrête tes conneries, Noémie ! On le sait que tu as un cancer ! Tu vas encore nous saouler longtemps avec ça ? Allez, assieds-toi et prends une clope !

Avec mes patrons, je n'ose pas dire que je suis fatiguée... Ils s'en rendent compte, alors ils me renvoient chez moi :

– Ça va Noémie, on ne peut pas te virer, tu as un cancer, rentre !

De temps en temps, une piqûre de rappel... un examen de contrôle...

Une petite scintigraphie, par exemple.

Vous vous souvenez ? L'examen qui permet de vérifier qu'il n'y a pas de métastases ailleurs…

J'attends bien gentiment les résultats quand le radiologue me dit… qu'il y a un truc qu'il ne voit pas bien sur les clichés, *a priori* ce n'est rien, mais il faut la refaire.

A priori ? *A priori* ?? *A priori* ??? Mais on m'a déjà fait le coup du « *a priori* ».

Dans ma tête, ça va très vite… IL MENT !!! En fait, il a vu quelque chose de très grave !!! La nuit dernière j'ai rêvé de Jérémie… qui est mort en six mois d'un cancer généralisé ! C'est un signe ! J'en suis sûre ! JE VAIS MOURIR !

En réalité… j'avais la vessie pleine, ça empêchait de voir derrière…

– Eh bien justement… Allez, on a compris Noémie, t'as un cancer… patati, patata… on va pas y passer la nuit non plus… t'en as pas marre de parler de toi ? Oh, je sais pas, moi, je serais fatiguée à ta place… Il est temps de rentrer maintenant…

– Mais maman…

– Noémie, faut penser à bien vous reposer, on continue d'être rigoureuse avec le traitement… et je m'excuse d'insister, mais le plus important : restez positive et dynamique.

– Oui, ne vous inquiétez pas Lolo.

– Oui, oui, oui, oui… et n'oubliez pas de venir faire vos consultations de contrôle, hein, Noémie ? Hein ? N'oubliez pas, hein ? Non, parce que des fois on oublie, et puis après on n'ose plus, et puis… c'est… c'est… c'est l'engrenage… tout part à vau-l'eau, voilà, voilà.

– J'oublie pas.

Le mot de la fin pour ma mère :

– Oh mais qu'est-ce que tu jacasses, c'est pas croyable…

– Je me demande de qui je tiens !

– Oui, bon, ben ça va… Allez… quand c'est fini c'est fini ma chérie…

Fini ? Normalement, le traitement dure neuf mois, mais moi, *a priori*, trois ans.

Aujourd'hui

Je n'accepterai plus un rendez-vous dans six mois chez l'ophtalmo.

Je veux voyager.

Je ne prendrai plus d'abonnement annuel au club de gym.

Je veux vite faire un marathon.

Je ne planifierai pas mes prochaines vacances.

J'ai envie d'être amoureuse.

Je ne cotiserai pas pour une retraite complémentaire.

Je veux avoir plein de sous.

Je ne commencerai pas *Guerre et paix*.

Je veux rencontrer plein de gens.

Je ne sais pas si je ferai encore la queue à la boulangerie.

Un « petit » cancer qu'ils disaient… trois ans de traitement… Imaginez, si j'en avais eu un gros : je prenais perpète ?

Mise en pages PCA
44400 Rezé

IMPRIM'VERT®

Achevé d'imprimer
en janvier 2016
par Corlet Imprimeur
14110 Condé-sur-Noireau

Dépôt légal : janvier 2016
N° d'Imprimeur : 178292
Imprimé en France